L'étrange parfum des clématites

Déjà paru chez BoD - Books on Demand :

Instants d'année,
l'inspiration vient par haïkus
avec des dessins originaux de Aaron Van Lierde

Bonne Route,
Poésie et chansons
Une rétrospective des textes poétiques
qui ont marqué ma vie

Site web : www.guyraymondpierre

L'ÉTRANGE PARFUM DES CLÉMATITES

Guy Raymondpierre

© 2015, Guy Veyer

Éditeur : BoD-Books on Demand, 12/14 , rond point des ChampsÉlysées, 75008 Paris, France

Impression : BoD-Books on Demand, Norderstedt, Allemagne

ISBN : 978-2-322-04094-0

Dépôt légal : septembre 2015

À "une amie pour la vie"

AVANT-PROPOS

En guise d'avant-propos à ce récit, voici des informations glanées sur internet (oui, je sais ! Commencer une fiction par un copier/coller d'Internet !...) et plus particulièrement ici, sur Wikipédia qui vous éclaireront au sujet des plantes dont il est question dans ce livre :

"Les Clématites (*Clematis*) forment un genre de la famille des renonculacées. Il comprend environ 30 espèces de vivaces herbacées à souche ligneuse et de plantes grimpantes, semi-ligneuses, persistantes ou caduques.
Il existe plus de 40 cultivars, généralement à grandes fleurs.
Du fait de la diversité des espèces : vivaces herbacées de petites tailles, arbustes grimpants ou étalés, plantes grimpantes atteignant de 1 à 15 mètres de hauteur, l'aspect des clématites varie considérablement.

Les feuilles, parfois opposées, parfois alternées, glabres ou pubescentes, sont simples, tri-palmées, pennées ou bipennées, avec le bord entier ou irrégulièrement découpé. Les espèces grimpantes s'accrochent au support ou à la plante hôte par le biais des pétioles transformés en vrilles. Certaines espèces disposent de feuilles persistantes.

Les fleurs, bisexuées, sont solitaires ou groupées en cymes ou en pannicules. Elles ne possèdent pas de pétales mais présentent 4 à 10 sépales, avec des dimensions et des formes très variables. Les clématites sont cultivées pour leur floraison généreuse, souvent suivie de fruits plumeux, décoratifs, gris argenté. Certaines, comme *Clematis recta*, sont odorantes. Utilisez les formes grimpantes pour garnir une pergola, un treillage, un arceau, une tonnelle ou un mur, voire pour habiller les branches d'un grand arbuste ou d'un petit arbre. Cultivez les espèces herbacées dans les massifs."

"En botanique, un sépale est l'un des éléments foliacés, généralement verts, dont la réunion compose le calice et supporte la corolle de la fleur. Les sépales peuvent parfois ressembler aux pétales, comme chez la tulipe. On parle alors de "tépale" ".

Les clématites sont des arbustes qui donnent de biens jolies fleurs…

FLEUR

- Dis ? M'man ! Pourquoi tu m'as appelée "Fleur" ?

La scène se passe en Belgique. Plus précieusement en Flandre, dans un village près de Gand, dans cette partie du pays où on ne parle plus guère le français.

La fille, une jeune femme maintenant, se hasarde à poser cette question qui lui trotte dans la tête depuis son adolescence. Son amie la lui a posée récemment et elle était ennuyée de ne pouvoir lui répondre.

Souvent, en classe, il y a quelques années, ses copines la raillaient à cause de ce prénom très peu répandu. Elles l'appelaient "Bloem !" (*), ce qui, en néerlandais, signifie fleur mais aussi...farine !

Aujourd'hui, elle veut savoir. Elle y a souvent fait allusion. Mais sa mère a toujours éludé les questions à ce sujet...

(*) prononcer : "bloum"

La mère ne répond rien, tout d'abord, embarrassée...

Au cours des années, elle a réussi à établir un très beau lien de complicité avec sa fille.

Elle l'adore cette enfant qui a tardé à venir au monde et elle se jetterait dans le feu pour elle, c'est ce qu'elle répète souvent.

Elle ne veut donc pas ternir ce rapport de confiance qu'elles ont construit toutes les deux.

Elle regarde sa fille. Son visage ouvert. Ses yeux clairs. Elle se sent envahie par un immense élan de tendresse et d'amour pour cette jeune et belle femme, née de sa chair...il y a vingt ans maintenant.

Elle était si craquante, si fragile quand elle est née.

Elle n'y croyait plus à cette naissance. Celle-ci est survenue durant une période très confuse de sa vie. Une période dont elle se souvient comme auréolée d'une lumière diffuse, comme dans un rêve... Quelques instants, elle se laisse bercer par la nostalgie de ses jours heureux, mais teintés de tristesse...

Cette naissance, si elle lui a apportée tant de joie et de bonheur est survenue cependant à un moment pénible de sa vie.

- Dis, M'man ! Tu rêves ?

La mère s'ébroue comme un chien mouillé, surprise et un peu gênée d'avoir été absente quelques instants. Voyant l'impatience et l'insistance de sa fille, elle se décide.- Après tout, se dit-elle, elle est adulte maintenant et je lui dois la vérité…

Elle la regarde, voit son sourire et exhalant dans un soupir le poids porté durant ces longues années, elle s'apprête à confier à sa fille, enfin, le lourd secret.

- Assieds-toi, ma chérie, je vais te raconter une belle histoire. Une histoire très romantique…

Mais, je te le demande à l'avance : ne me juge pas trop vite !...

SOUVENIRS, SOUVENIRS !

Elle se souvient.

Étrangement, elle a l'impression soudaine de se retrouver dans ce corps de jeune femme qu'elle était alors. Elle revoit le regard de cet homme. Elle revoit son sourire. Elle perçoit même son parfum discret, ressent ses caresses sur sa peau. Elle frissonne…

Oui, elle a vécu quelque chose de beau, d'intense, il y a 20 ans !

Elle a gardé quelques billets qu'il lui avait passés et qu'elle relit de temps en temps, dans ses moments de solitude et de mélancolie.

Chaque année, quelques jours avant la date de son anniversaire, elle revit ces jours plein d'une ardeur intense.

Ils venaient de se rencontrer ou plutôt de se "reconnaître".

Elle était jeune et jolie. Elle venait de suivre un régime, avait perdu du poids. Elle faisait du jogging plusieurs fois par semaine. Elle se sentait bien dans ce corps qu'elle avait remodelé pour le préparer, mettre toutes les chances dans son panier…

Sans doute, était-ce pour cela qu'il l'avait remarquée, s'était intéressé à elle ?…

Il était si gentil, si doux...
Quelle différence avec son mari !

Elle se demandait même pourquoi elle l'avait choisi, lui, ce mufle…

Il n'y avait pas longtemps qu'ils s'étaient mariés mais très vite, elle avait été déçue par cette relation qui était très rapidement entrée dans une phase routinière et sans joie…

Elle désirait follement avoir un enfant. Lui n'en voulait pas. Il évoquait toute sorte de raisons : les responsabilités, les contraintes, l'avenir de la planète…

Elle, elle comptait les années, voyait son horloge biologique avancer à grands tressautements d'aiguille.

Elle était encore bien jeune bien sûr mais l'angoisse, le désir profond d'enfanter perturbait son discernement.

Bien entendu, comme souvent, la nature s'en était mêlé. Après plusieurs tentatives plus ou moins heureuses, elle dut se rendre à l'évidence : elle n'arrivait pas à être enceinte !...

Elle avait toujours eu comme une intuition, un doute...et lorsqu'elle eut consulté un gynécologue, le diagnostic tomba comme un couperet tranchant sur ces rêves de maternité : elle souffrait d'endométriose, des adhérences qui empêchaient son corps de devenir ce doux réceptacle pour un être de chair...

Heureusement, à force de longues recherches, elle avait fini par trouver un obstétricien décidé à l'aider et à tenter l'opération. Le miracle s'était produit et elle était enfin arrivée à ses fins...

C'était dans ce contexte difficile, plein de doutes, de tristesse et d'espoir, qu'elle avait fait cette belle rencontre...

Elle aurait voulu quitter son mari pour vivre pleinement ce nouvel amour mais elle n'en eut pas le courage.

Il y avait ce bébé à naître, cette responsabilité…

Vingt ans plus tard, elle regrettait toujours amèrement d'avoir été si lâche.

Elle avait perdu à jamais la possibilité de parachever cette histoire d'amour qui avait été si prometteuse…

Alors, pour se consoler, pour panser ses plaies, elle revivait de temps en temps, ces moments si délicieux qui lui avaient apportés tant de joie.

Si seulement, à l'époque, elle avait pu lui parler, lui expliquer…

Aujourd'hui, elle en était sûre, elle pourrait !

Elle se souvient des clématites...

DES FLEURS CARNIVORES ?

- Fais attention qu'elle ne te morde pas !.., dit-elle, narquoise, en voyant son geste de recul incontrôlé.

Elle lui présente la fleur de clématite qu'elle vient de cueillir.

La fleur a une belle couleur mauve. Il la hume, prudemment, hésitant.

Comment cela se fait-il qu'un tel buisson pousse à cet endroit éloigné de toute habitation ? Sans doute, une graine transportée par le vent capricieux, a-t-elle un jour atterri ici et s'y est installée et, s'appliquant avec zèle et patience, elle a grandi lentement mais sûrement, pénélope botanique, pour devenir cet arbrisseau magnifique qui attendait l'admirateur égaré qui le découvrirait un jour.

Peut-être, au fond, tout ce long et patient processus, suivant la loi d'attraction de l'univers, n'a-t-il été mis en route que pour eux.

Mais, après tout, comment se reproduisent les clématites ?

Elle a prononcé ces mots en néerlandais ou, plutôt, dans cette langue usuelle de Flandres qui n'est ni l'un des nombreux patois flamands parlés par la majorité de la population, ni la langue officielle utilisée uniquement dans les discours politiques et dans les médias.

Elle n'a pas dit : "*…qu'elle ne te pique pas…*", comme il s'y serait attendu, non, elle a dit : "*…qu'elle ne te morde pas…*", comme, il en est sûr, cela se dit, en néerlandais.

Étrange idée…

La réplique, aussi bizarre, lui vient instantanément à l'esprit :"Les fleurs ne mordent pas.", mais il hésite. Il a le sentiment que ces mots ont une connotation tragique.

Freiné dans son élan, il se tait.

Comment une chose aussi belle qu'une fleur pourrait-elle faire mal ?

Ils sont, un peu plus tôt, sortis de sa voiture à elle, une R12, dont la carrosserie a fortement inspiré les constructeurs des Dacia qui restent omniprésentes en Roumanie.

Ele s'est garée dans un petit chemin à l'orée d'un bois, où ils ont tendrement flirté.

Ils sont déjà venus ici.

C'est un endroit agréablement boisé où les oiseaux musiciens sont rois.

IN YOUR EYES

Elle se souvient qu'un jour, il lui a raconté comment il s'était engagé en tant que bénévole au sein d'Amnesty International et comment il était devenu un militant acharné.

Elle l'avait admiré pour cela aussi.

Ce jour-là, il avait également évoqué longuement des épisodes de son enfance.

Elle s'était attendrie en l'écoutant et en l'imaginant petit garçon.

"In your eyes !..", la voix rauque de Peter Gabriel [1] répète, inlassablement, le même refrain à la radio et il le reprend lui aussi à tue-tête, le cœur gonflé d'un amour débordant, parfois lorsqu'il est seul au volant de sa voiture.

C'est fou ce que les rengaines ont du sens lorsqu'on est amoureux !

Il y a aussi cette chanson de Francis Cabrel, "A l'encre de tes yeux", dont les paroles semblent avoir été écrites pour eux : *"Puisqu'on est fous, puisqu'on est seuls. Puisqu'ils sont si nombreux. Même la morale parle pour eux."*

Oui la morale qui, à cette époque encore, condamne les amours hors pistes...

Un type bien ce Peter Gabriel. Avec son copain Sting, ils ont bien servi la cause d'Amnesty International.

Il avait vu et revu à la télévision la retransmission de la tournée "Human Rights Now !"[2] avec Bruce Springsteen, Tracy Chapman et Youssou N'Dour. Il revoit la foule enthousiaste reprenant le refrain de "Biko" de Peter Gabriel ou les "Madres de la Plaza de Mayo", ces femmes chiliennes montant sur le podium, durant la chanson "They dance alone" de Sting pour attirer l'attention du monde entier sur la disparition de leurs maris et fils, victimes de la dictature d'Augusto Pinochet.

Et puis tous ensemble ensuite sur scène, reprenant la chanson de Bob Marley "Get up ! Stand up ! Stand up for your right !"

C'est vrai que s'en était devenu une obsession.

Comment diriger le groupe local de bénévoles ? Il faut préparer l'ordre du jour de la prochaine réunion ! Que faire pour créer de nouveaux groupes en Flandres ? Organiser un stand, vendre des T-shirts et des bougies, faire des traductions, taper des rapports et des invitations,...

Son enthousiasme et sa motivation pour cette cause était nés quelques années plus tôt.

Un jour, lui avait-il raconté, des images qu'il avait vues à la télévision l'avait à ce point révolté qu'il s'était décidé à agir.

INTIFADA,[3] *la guerre des pierres*

Un gosse basané. Les cheveux noirs. Les yeux noirs. L'air gouailleur comme tous les gosses. Mais dans les yeux noirs : de la colère et, surtout, de la détermination.

Il ramasse une pierre. La porte à hauteur de son oreille droite. Il attend. Serre la pierre fermement à l'intérieur de sa main, captive pour l'instant. Il regarde devant lui. Il fixe un point à quelques vingtaines de mètres de lui, que l'on ne voit pas.

Puis il bouge la main droite vers l'arrière. L'épaule droite est aussi décalée vers l'arrière. Tout le tronc est en torsion, la ligne des épaules presque perpendiculaires au bassin. Bloqué.

Tout doucement, il cambre le tronc, plie les genoux. La main est tout à fait détachée de la tête à présent. Le tronc est complètement penché vers l'arrière, tendu comme un arc…

Soudain, la main décrit un arc de cercle vers le haut et, à mi-course, le poignet, dans un coup sec, lâche le projectile et le propulse avec force vers l'avant.

Alors, le tronc prolongeant le mouvement du bras droit et, donnant au caillou une dernière impulsion, se plie en deux vers l'avant, la main droite touchant, maintenant presque le sol. Le dos est tout à fait arrondi.

La pierre anguleuse et rugueuse vole à toute vitesse vers son destinataire.

Il a lancé son caillou, comme tous les garçons le font.

Pas comme les filles.

Les filles avaient une tout autre façon de lancer les pierres. Ou les balles. Chez elles, le mouvement part du bas. Au départ, la main tenant la pierre (ou la balle) pend, détendue, le long du corps. Puis, après avoir pris un élan vers l'arrière, tendue, elle décrit un arc de cercle vers le bas puis continue vers le haut et lorsqu'elle est remontée à peu près à hauteur du visage, le poignet, comme dans la façon de lancer des garçons, se débarrasse de la pierre d'un coup sec. Les jambes pendant ce temps-là exécutent un petit pas de danse, comme pour accompagner le projectile.

Il a toujours pensé que cette manière était moins efficace.

C'est qu'il en a lancé des cailloux lorsqu'il était gamin ("sale gamin !", disait son père) !

Il y avait la méthode pour lancer les silex plats qui faisaient de nombreux ricochets sur la surface de l'eau de l'étang ou de la rivière.

L'autre méthode, la même qu'employait le garçon basané, servait pour lancer les pierres par-dessus la rivière.

C'étaient des garçons de la campagne et cela faisait partie de leurs jeux habituels.

Pour le garçon basané, ce n'était pas un jeu. Il participait à une bataille, un chapitre d'une longue lutte, un épisode d'une longue guerre.

Le garçon faisait preuve de violence, certes, nul ne pouvait le nier.

Sur le petit écran, les choses se précipitaient. On voyait l'enfant qui, après avoir lancé sa pierre, avait tout d'abord jugé des effets de son jet, et fixait maintenant le point de chute que l'on découvrait grâce à un travelling de la caméra : c'était un groupe de soldats armés qui se protégeaient tant bien que mal de la pluie de pierres, car le garçon n'était pas seul - on n'est jamais seul pour lancer des pierres - il était accompagné de quelques camarades plus ou moins aussi âgés que lui.

Tout à coup, le visage de l'enfant, d'abord attentif, était maintenant tendu et angoissé. Le groupe de soldats qui venait d'essuyer l'averse de cailloux, s'était mis en branle et se dirigeait au pas de charge vers le groupe d'enfants. Les gamins s'éparpillaient comme un vol d'étourneaux. Les plus vifs étaient déjà loin, enfuis dans les ruelles.

Les moins rapides, les plus petits, avaient déjà été rattrapés par les soldats qui, furieux sans doute d'avoir été ridiculisés par les cailloux lancés par les gosses, se mettaient à les frapper à coups de poings, de crosses de fusils.

D'un bond, il s'était extirpé de son fauteuil et se tenait debout devant le poste de télévision regardant, poings serrés, la suite du reportage. Il ne put retenir un "C'est pas possible ! C'est pas vrai !", en voyant l'un des soldats épauler son fusil et tirer. Un coup sec. Presque comme s'il avait été tiré dans la pièce même puisqu'il avait l'impression de l'entendre résonner contre les murs. Mais, c'était sans doute le fruit de son imagination, de son indignation, de son incrédulité devant ce qui se passait sur l'écran bombé. La caméra avait fait un mouvement brusque et circulaire, l'image devenant floue pendant une fraction de seconde et on distinguait maintenant, quelques mètres plus loin, un jeune corps étendu sur le sol poussiéreux. La caméra s'approchait maintenant de l'enfant. L'œil indécent de millions d'humains observait froidement le petit corps baignant dans la lumière du soleil palestinien. On voyait une flaque de sang grossir sous lui, dans la poussière du chemin...

Déjà, les soldats, noirs corbeaux, emmenaient le corps aux membres brinquebalant, petit moineau fragile touché dans son envol fugitif...

Il était retombé dans son fauteuil, hébété. Il croyait avoir rêvé. Il répétait à haute voix bien qu'il fût seul dans la pièce : "C'est pas vrai, hein !", comme pour se persuader lui-même d'avoir mal vu ou rêvé la scène.

Mais non c'était bel et bien un reportage d'actualités, le chapitre d'une réalité quotidienne.

Il avait éteint le téléviseur, écœuré et, aussi, pour mieux réfléchir à l'impact qu'avaient fait sur lui ces images terribles. Il se disait : "Est-il possible que les soldats d'un pays dont les fils avaient été autrefois eux-mêmes, les victimes de violence, d'atrocités, puissent se conduire aujourd'hui en bourreaux et frapper et tuer des enfants ?"

En fait, il venait, un peu tardivement, d'avoir eu la révélation d'un fait vieux comme le monde, à savoir, que "les victimes d'aujourd'hui sont les bourreaux de demain". Il se dit que, non, cela ne se pouvait pas, que l'on ne pouvait pas rester indifférent à cela, qu'il fallait briser le cycle infernal, que *lui* n'aurait plus de repos avant d'avoir, au moins, essayé d'y changer quelque chose. Il chercherait un moyen, aussi modeste soit-il, de bloquer l'engrenage.

C'est ainsi qu'il décida de devenir militant d'une organisation humanitaire de défense des Droits de l'Homme.

SES YEUX.

Il ne se souvient pas d'avoir vu, lu, autant de choses dans un regard. Sauf, peut-être dans celui de sa mère, ou dans celui de Jeanne, sa fille avec qui il se sent en osmose, en contact sans lui parler.

Il se remémore les paroles de la chanson d'Arno[4] qui vient de sortir : *"Dans les yeux de ma mère, Il y a toujours une lumière."*

Peut-être, est-ce ma mère que je recherche dans chaque femme ?, pensera-t-il un peu plus tard. Cela expliquerait bien des déceptions antérieures...

"Lorsque je te regarde dans les yeux, c'est comme si j'entrais en communication avec ton âme ", lui a-t-il dit, le premier jour. Elle a souri, pour toute réponse.

Lorsque leurs regards se croisent, il en est tout électrisé.

Il sent des frissons courir sur les épaules, les bras, le dos.

Il a "un gros point du côté du poumon", comme dit Georges Brassens dans ses chansons.

Il se sent fondre et prêt à toutes les soumissions.

Ces sensations, ces sentiments sont nouveaux, croit-il.

Ce qu'il ressent à présent est nettement différent de ce qu'il a connu jusqu'alors.

Il pense que cela a un rapport avec son âge. La physiologie de l'homme évoluant en vieillissant, il suppose que ses glandes réagissent maintenant différemment. En tout cas, quelles sensations merveilleuses ! Son être tout entier est empli de béatitude.

Et cette "électricité" qu'il sent dans le bout des doigts, à l'endroit où la chair fait comme un coussinet, comme celui qu'ont les chats en dessous de leur pattes...

Il est convaincu que c'est un phénomène réel, car elle lui confiera un peu plus tard, que, lorsqu'il la touche du bout des doigts, elle aussi en est remuée jusqu'au plus profond d'elle-même. Elle a "des papillons dans le ventre", comme dit si bien l'expression néerlandophone.

Est-ce cela l'énergie vitale, le *phrana* des yogis, le *chi* des pratiquants de Taï Chi ? Cette chose magique, impalpable mais que l'on peut cependant sentir entre la paume des mains dans certains exercices de Chi Kong.

D'ailleurs, cela n'avait-il pas débuté comme cela ?

LA TOUCHER

Elle se tient debout à côté de lui, appuyée de tout son ventre et de ses cuisses contre le meuble en bois clair, matière vivante.

Il lui montre quelque chose sur un plan qu'il a, auparavant, dessiné lui-même.

Ils ne se parlent pas beaucoup.

Les questions et réponses sont séparées par de longs silences.

Il ne se passe rien. En apparence.

On sent bien cependant que quelque chose se meut dans l'impalpable et qu'un événement est éminent.

Une scène banale en somme et qui ne laisse rien présumer.

Comme elle voudrait rendre visite à une collègue hospitalisée, elle lui a demandé, lui qui connaît les environs, de lui indiquer le chemin de l'hôpital.

Un dessin valant plus que mille palabres, il lui a fait le plan de la route à suivre et il vient lui donner des explications complémentaires.

Elle va avoir 30 ans.

Dans quelques jours, il va fêter ses 45 ans.

Ils se connaissent de vue depuis qu'elle est entrée, il y a 4 ans au service de cette banque où il est employé depuis 25 ans.

Ils ne sont jamais vraiment parlés auparavant.

Elle est secrétaire du Directeur du Personnel. Il est comptable.

Tandis qu'il montre du doigt la route qu'elle doit emprunter, il observe ses mains qu'elle a posées sur le papier et les siennes qui les survolent, telles des oiseaux légers.

À ce moment-là, il ne pense à rien d'autre. Il n'avait d'ailleurs, en entrant dans le bureau aucune arrière-pensée, ne se doutait le moins du monde de ce qu'il allait mettre, inopinément mais irrémédiablement, en branle.

Voilà, c'est terminé. Toutes les explications sont données.

Pourtant, il ne s'en va pas.

Il reste là, son corps touchant le montant du meuble qui est perpendiculaire à celui où elle est appuyée. Il sent la dureté du bois contre son ventre, ses cuisses, son sexe. Peut-être des vibrations secrètes ont-elles cheminé dans les fibres du bois ?

Ils ne bougent pas ni l'un, ni l'autre.

Ils respirent tous deux douloureusement.

Ils ne se regardent pas.

Ils fixent tous deux le papier toujours posé à plat.

Le temps n'existe plus, n'a jamais existé, n'existera plus.

Tout autour d'eux s'est figé.

Ils ne voient rien, ne sentent rien, n'entendent rien.

D'ailleurs, y a-t-il autre chose à voir que leurs mains posées sur le meuble, à sentir que le parfum féminin qui embaume la pièce, à entendre que leurs respirations profondes, difficiles ?

Ils sont isolés dans une bulle stérile, dans un repli de l'espace-temps.

Comme dans ce procédé photographique inventé, je crois, par David Hamilton[5], qui consiste à huiler le pourtour d'un filtre placé devant l'objectif : le sujet central, très clair, est alors entouré d'un halo multicolore.

Ils sont seuls au monde.

Le lui a-t-elle demandé sans parler ?

Il ne pourra se rappeler avoir "entendu " quoi que ce soit.

A-t-il seulement "senti" qu'il _DEVAIT_ faire un geste, faire ce geste ?

Tout à coup le voilà qu'il quitte son immobilité de statue. Il avance la main droite qui tremble un peu, hésitante. Il n'ose presque pas, paralysé par l'émotion, puis pose enfin le bout des doigts (le médium et l'annuaire ou l'index, le médium et l'annuaire ?) sur le dos de sa main gauche qu'elle a laissé sur la feuille de papier (en attente ?), couleur chair sur fond de couleur blanche.

Elle, elle ne la retire pas encore, ne bouge pas, ne dit rien, n'ose le regarder, dissimulant à merveille l'émotion qui s'empare d'elle et la prend à la gorge.

Il a déjà retiré sa main.

Il a à peine effleuré la main offerte, esquissé une caresse peut-être. En tout cas, cela n'a pas duré plus que quelques (fractions de) secondes. Comme dans un accident, tout s'est déroulé si vite mais le cerveau a enregistré des milliers d'images. C'est pourquoi tous deux garderont longtemps un souvenir très fort de ces moments extraordinaires.

Ils ne se sont toujours pas regardés.

Ils sont tous deux muets d'émotion, hébétés de surprise.

Puis, à regret mais toujours sans un mot, incapable d'émettre aucun son, la gorge serrée d'émotion, le cœur cognant à grands coups de grosse caisse dans sa poitrine, comme dans l'intro d'un morceau de rock des Stones ou du "Boss"[6], il quitte le bureau, lentement, sans un regard derrière lui, tel un automate. *A puppet on a string.*

Elle reste longtemps debout les yeux rivés sur sa main qu'il a frôlée du bout des doigts, relique d'un moment d'incroyable tendresse de la part d'un homme qu'elle connaît à peine.

Puis, elle replie la feuille de papier en quatre et va se rasseoir à son bureau, étonnée, égarée dans un monde doux et idyllique. Une fois assise, elle lève lentement les yeux, regarde une fois encore, comme elle le fera souvent par la suite, comme pour en retenir le souvenir, l'endroit où ils se tenaient tous deux l'instant d'avant, puis la porte par laquelle il a disparu.

Elle a même, un instant, l'impression fugitive de se voir elle-même, comme lors d'une sortie de corps, debout à côté de lui, couple parfaitement lié par l'émotion, entouré d'une aura lumineuse. Cette image, bien que brève et évanescente, est si forte qu'elle a, un moment, la certitude d'avoir remonté le temps de quelques minutes pour assister, en spectatrice cette fois, à la scène qui vient de se produire.

Le tout n'a duré que quelques minutes.

- Ai-je rêvé ?, pense-t-elle.

Il faut qu'elle en ait le cœur net *(…m'arrive-t-il ? envoûtée troublée remuée jusqu'aux entr au trognon comment ? pourquoi ? sa proie, victime, consentant qu'on tente contente tentante. chaud chaude oui émue plutôt. veut me séduire réussira. pas. pas à pas. dois le voir, le revoir voir son regard. dans son regard la vérité. J'y vais !)*

UN REGARD CERTAIN

Il est assis à son bureau. Il ne fait rien, ou apparemment rien.

Ou plutôt si. Il fait semblant de travailler, déplace des papiers de gauche à droite puis de droite à gauche, se tourne vers l'écran et le clavier de l'ordinateur.

En réalité, il est bien trop préoccupé par ce qui vient de se passer, par ce qui lui arrive, qu'il est incapable de se concentrer sur quoi que ce soit. *(fou suis complètement dingue. pourquoi ? qu'est-ce qui m'a pris ? bon, c'est bon. heureux bonheur complet. mal non fait du bien. rêvé ? oui rêve éveillé. merveilleuse douceur. se moque de moi peut-être. le saurai quand son regard)*

En fait, il attend quelque chose. La confirmation qu'il n'a pas rêvé, qu'il a effectivement eu l'audace (le courage ?) de faire un geste et que ce geste a été accepté, qu'il était attendu, espéré.

Quelques instants plus tard, alors que, tête baissée, il est encore à ce point plongé dans ses réflexions qu'il ne s'aperçoit, tout d'abord de rien, elle entre dans son bureau.

Elle est là, à quelques mètres de lui, calme, tranquille et silencieuse. Sereine et confiante. Il lève le visage vers le sien, vers la lumière.

Alors, tous deux, en découvrant le regard de l'autre, reçoivent un choc, un coup au creux de l'estomac, en ont le souffle coupé : *ça y est, c'est cela, c'est cela que j'attendais.*

Pour elle, c'est une révélation. C'est la première fois que cela lui arrive.

Pour lui, une confirmation. C'est ce qu'il a cherché jusqu'à ce jour.

Ils se regardent longuement dans le plus profond des yeux, silencieux, presque immobiles.

Ils respirent profondément, dégustant à grands traits leur bonheur, comme deux marathoniens assoiffés après une longue course.

Ils font, curieusement, le même geste : ils se mordent la lèvre inférieure, dents apparentes retenant le bord de la lèvre, et hochent la tête, légèrement, lentement, de droite à gauche, incrédules.

Tout s'est estompé autour d'eux.

Tout est noyé dans un brouillard, un flou indéfinissable.

Les sons non plus ne leur parviennent plus, ou comme ouatés, déformés par l'épaisseur de la brume ambiante. En fait, ils sont transportés tous deux dans un autre monde, un monde parallèle, réservé à ceux-là seuls qui peuvent encore rêver, croire à l'incroyable, à l'impossible, au bonheur.

Puis, tous deux, lui d'abord, elle ensuite, bouche bée, exhalent un long et profond soupir qui fait presque mal, presque un râle, qu'ils sont las de retenir depuis tout ce temps, tous ces siècles.

Soudain, s'apercevant qu'ils sont en train de s'imiter, ils laissent apparaître sur leurs visages un sourire qui, remontant du plus profond de leur être, déchaîne dans son ascension une myriade de bulles de joie pure qui les éclabousse de bonheur et les transfigure de béatitude : ils se reconnaissent !

PRENONS L'AIR

Ils prirent l'habitude d'aller se promener ensemble, le midi, durant la pause.

Ils pouvaient ainsi se parler librement. Et, aussi, comme par hasard, se frôler...

C'étaient des effleurements qu'ils ne pouvaient retenir. Ils avaient tellement besoin de ces contacts physiques.

Il y avait, pas loin, du bureau un petit parc comme on en voit souvent en ville.

Ils y étaient à l'abri des regards indiscrets. Mais il fallait se méfier cependant car des collègues venaient souvent s'y promener...

Souvent, quand ils marchaient côte à côte, l'un d'eux semblait être un instant déséquilibré et une hanche venait effleurer l'autre, tendrement, transmettant fugitivement la chaleur du corps tout entier.

Parfois, lorsqu'ils étaient bien hors de vue, ils osaient se toucher et se prendre les mains.

Ils les serraient alors très fort l'une dans l'autre puis croisaient leurs doigts comme dans un geste de prière commun.

Un jour, même, derrière un arbre, ils échangèrent un baiser "du bout du bec", tendre, rapide.

Quelle émotion !

Ce n'était pas leur premier baiser.

Le premier baiser, ils l'avaient échangé au bureau, à un moment où ils s'étaient retrouvés seuls, tranquilles.

Ce fut un baiser tout à fait merveilleux, magique.

Ils avaient fermé les yeux en s'embrassant, leurs lèvres se touchant délicatement, avec infiniment de douceur, puis, rouvrant les yeux, découvraient le regard de l'autre, infiniment profond, profondément infini.

N'est-ce pas l'acte le plus beau entre deux êtres humains ?

De son côté, il avait été un peu réticent au sujet de ces promenades.

Il craignait que, très bientôt, les langues se délieraient et que cela pourrait faire tort à leur amour.

Qu'est-il de plus laid chez les gens ? Leur intolérance ou leur jalousie ? Ou est-ce seulement de l'incrédulité devant une chose si belle ?

Il avait aussi été hésitant quant à leurs premiers rendez-vous clandestins.

Il pensait - il en était même sûr - que cela nuirait à leur relation.

Il y aurait d'une part le piment de "l'aventure secrète", qui stimulerait leurs sentiments, piment qui disparaîtrait sans doute lorsqu'ils ne devraient plus se cacher ?

Il lui semblait, lui dit-elle, que D.H. Lawrence, avait aussi décrit cela dans *"L'amant de Lady Chatterley"*.

D'autre part, ce sentiment de culpabilité qui ne manquerait pas de naître lorsqu'ils seraient ensemble car, ne feraient-ils pas à ce moment-là quelque chose de répréhensible, de honteux, d'interdit par la "morale" ?

Cela avait-il encore bien un sens en ces années-là ?

Bien décidé à réussir cette fois-ci, il aurait donc préféré qu'ils attendent un peu et qu'ils essaient, tout d'abord, de se libérer, chacun de leur côté.

Alors, tout serait possible, la voie serait ouverte à la construction d'un amour solide et durable.

Mais, elle insista.

Elle le mit à l'épreuve, lui demanda de prouver son amour pour elle.

Elle affirmait que s'il pouvait attendre, prendre patience, si elle ne lui manquait pas, c'était bien là le signe qu'il ne l'aimait pas autant qu'elle, car elle, "elle ne savait pas se passer de lui", disait-elle.

Alors, mis au pied du mur, il céda.

Ils convinrent donc d'un premier rendez-vous secret.

RENDEZ-VOUS

Il n'y pouvait rien, mais dès la première fois qu'ils s'étaient regardés dans les yeux, (ou était-ce avant déjà, quand il était sorti de son bureau après l'avoir effleuré du bout des doigts ?), il avait d'abord senti des légers picotements au bas-ventre, plus précisément, au-dessous des testicules, et, cette force venant de la base du sexe et remontant, faisant dresser le sexe par à-coups, gonflant l'étoffe du slip : il eut une érection comme il n'en avait pas eu depuis longtemps.

Bref, il la désirait ardemment.

Désormais, chaque fois qu'il sera près d'elle, ou parfois, simplement, lorsqu'il pensera à elle, il bandera comme un Turc.

Ce désir expliquerait-il ce qu'il ressent parfois lorsque, se trouvant à mi-distance d'elle, il sent une chaleur intense émanant, lui semble-t-il, de son corps à elle ?

C'est la première fois qu'ils se rencontrent en dehors du bureau. Ils sont tous deux en voiture. Il lui a ouvert le chemin vers l'orée d'un bois, vers un endroit discret et bucolique.

Il a garé sa voiture, une Opel Corsa blanche, la voiture familiale qu'il a réussi à emprunter ce jour-là, devant la Renault 12 bleu pétrole de sa nouvelle amie.

Il s'approche de la voiture, un peu gauche, redevenu (ne l'est-il pas resté ?) adolescent.

- Je monte à tes côtés ?

Elle acquiesce en souriant, amusée de sa timidité.

- Tu connais de bons petits coins, dirait-on !, ironise-t-elle. Il se tait, embarrassé par sa réflexion.

Ils sont assis côte à côte à présent.

Ils ne disent rien. Se regardent profondément dans les yeux. (*la reconnais ma sœur d'amour ma mère intense regard profond j'l'aime chaleur qui s'échappe de moi vers elle…*)

- Sens-tu cette chaleur qui vient de moi vers toi ?

Ils respirent très fort tous les deux. Enfin, il approche son visage du sien et pose délicatement ses lèvres sur les siennes et les embrasse avec infiniment de douceur, de passion contenue.

Puis, il s'écarte.

Ils se regardent, dialoguent avec les yeux.

- C'est merveilleux, ce qui m'arrive, ce qui nous arrive. C'est magique. Je suis si heureux.

Il prend son visage au creux de ses deux mains.

Alors, n'y tenant plus, ils se jettent dans les bras l'un de l'autre et s'embrassent avec plus de passion. Et ils s'embrassent encore. Et encore...

Quelques baisers plus tard, il a peine à se contenir et entreprend de caresser son cou, puis ses épaules, puis plus bas. Mais elle retient sa main et s'écarte de lui.

Il la regarde, étonné, sans comprendre.

- J'ai peur, dit-elle dans un souffle, que, si nous allons trop vite, bientôt tu ne voudras plus de moi.

Cela le surprend tout d'abord et, l'embrassant une nouvelle fois, il ne sait vraiment que faire de ses mains.

Puis à la réflexion il se dit que, peut-être, cela l'aidera à voir plus clair en lui, peut-être saura-t-il faire la part de l'amour, la part du désir. *(pas confiance que croit-elle la respecte profondément enfin la femme de ma vie ferai tout pour la garder)*

Il aura peine à se contenir et préférera la voir moins souvent seul à seule pour ne pas avoir à résister à son propre désir.

BILLETS DÉCHIRÉS

Il ne leur était pas facile de se parler sans témoins.

Au bureau, ils étaient rarement seuls.

Ce n'était pas toujours facile d'engager vraiment une conversation.

Lorsque, parfois, si les circonstances et le temps le permettaient, ils allaient se promener seuls, les mots leur manquaient car ils avaient tellement à se dire, ils avaient répété et ressassé tant de phrases dans leur tête qu'ils ne savaient jamais comment commencer et, souvent, ils ne parlaient que "de la pluie et du bon temps" (que "des vaches et des veaux", comme dit l'expression en néerlandais).

Elle disait : "Je pense constamment à toi".

Il se sentait alors un peu honteux de ne pas penser autant à elle.

Comme c'était bon, cependant, d'avoir quelqu'un, une chère personne vers qui tourner ses pensées !

C'était si intense, parfois, qu'il lui suffisait de tendre la main dans le vide et, instantanément, comme par magie, il sentait effectivement les doigts de son aimée effleurer les siens. Il ne pouvait, alors, s'empêcher d'exhaler un profond soupir.

À chaque fois qu'il le pouvait, au bureau, il lui téléphonait par la ligne intérieure.

Mais là aussi, leurs conversations étaient étoffées de longs silences.

- *Ik hou van je, ..enorm*

(Je t'aime, ...énormément !).C'est incroyable comme je t'aime, murmurait-elle dans le combiné.

- *Ik heb je lief,* J't'aime, J't'aime, J't'aime !, lui répondait-il, ému, la gorge serrée d'émotion.

Ils prirent donc l'habitude de s'écrire des petits mots où ils exprimaient leurs sentiments ou, simplement, pour expliquer ce que l'un ou l'autre avait fait sans l'autre.

Elle lui racontait qu'elle était allée rendre visite à Aïcha, sa jument et qu'elle lui avait parlé de lui avant d'aller galoper dans la campagne.

Ou bien qu'elle était allée faire du jogging.

Il lui parlait de ses répétitions de chorale ou ses séances de guitare acoustique avec Marc, un jeune collègue de bureau de vingt ans son cadet mais qui était devenu son meilleur ami.

Presque chaque fois qu'il le pouvait, il lui écrivait.

Quelle joie quand ils s'échangeaient leurs billets !

Quel bonheur alors, quand la chance avait souri, de s'isoler (quel endroit charmant, les toilettes, quel parfait isoloir !) pour dévorer à toute allure puis relire, une fois, deux fois et encore, ce que l'autre avait couché sur le papier.

Toutes les pensées intimes les plus sincères, les confidences les plus secrètes, les sentiments les plus forts confiés à l'autre par l'intermédiaire de ces missives enflammées !

Bien évidemment, il ne pouvait garder ces billets. C'était trop compromettant !

Alors, après les avoir lus et relus une dernière fois, à regret, il les déchirait en minuscules petits morceaux et les jetait dans la cuvette. Quelle tristesse de les voir disparaître dans un tourbillon joyeux !...

Un jour, après un de leur rendez-vous secrets, il lui écrit ce mot passionné.

"J'ai fait l'amour avec toi…oui, hier soir, je t'ai aimé passionnément" !.

PLAISIR SOLITAIRE

C'était le lendemain de l'un de leurs rendez-vous clandestins.

Ils s'étaient vus longtemps ce jour-là, tout un après-midi et avaient flirté longtemps, tendrement mais aussi passionnément.

Il lui écrit ce mot brûlant :

"Ma Douce Cavalière,

J'ai fait l'amour avec toi, hier soir ! Oui, je t'ai aimé passionnément !
Tu dois certainement te dire que je deviens complètement débile !

Dément, fou, oui, de toi, d'un amour indélébile, imbécile…

J'avais remis, hier, le T-shirt gris que je portais avant-hier.

Il était encore si fortement imprégné de ton parfum que je ne pouvais m'empêcher de le renifler de temps à autre.

Je devais me rendre à Bruxelles pour une réunion et, en voiture, ostensiblement et pendant la réunion, plus discrètement, je n'arrêtais pas de m'y frotter les narines pour humer, une fois encore, ton parfum d'amour.

À croire que mon tricot y avait mariné dedans pendant quinze jours !

C'était comme si je reniflais de la came ! Je pensais à toi et, dans mon esprit enivré, apparaissaient des images enregistrées mardi après-midi. Et, quelles images !...

Une fois rentré chez moi, je suis monté m'isoler dans ma chambre. Par bonheur, j'étais seul à la maison.

Je me suis couché, le T-shirt embaumé à portée de main. Je m'en suis saisi et l'ai glissé près de moi.

Puis, je t'ai demandé de venir à mes côtés.

Et tu es venue !

Alors, nous avons fait l'amour, magnifiquement. Comme alors, tu es venue sur moi.

Comme c'était bon !

C'était si intense, je pensais si fortement à toi que c'était vraiment comme si tu étais là...

Il y a si longtemps que je n'avais plus vécu cela.

Et au moment suprême, j'ai crié ton nom plusieurs fois dans la maison vide !

Merci, Mon Amour, pour ces merveilleux moments."

Est-ce normal de se masturber encore comme ça à cet âge ? Si fréquemment ?

Il s'était souvent posé la question, non sans gêne.

Il répugnait à en parler à quiconque.

C'était quelque chose qu'il traînait depuis l'adolescence.

Il avait découvert la sexualité de cette manière, en cachette de tout son entourage. On ne parlait pas ouvertement de sexualité à cette époque. Un garçon devait se débrouiller seul pour faire son éducation sexuelle.

Il s'était tu pendant de nombreuses années, ayant le sentiment de faire quelque chose de répréhensible (un péché !) mais y trouvant, précisément à cause de la clandestinité de ces ébats en solitaire, un plaisir supplémentaire.

D'ailleurs, ce qui le réjouissait (le mot ne pouvait être mieux choisi !) le plus, c'étaient les histoires qu'il s'inventait avant et pendant qu'il se masturbait.

Il lui arrivait, adolescent, de s'inventer toute une romance avec une fille ou une femme rencontrée auparavant (sans bien sûr jamais oser l'aborder) pour se retrouver, en imagination, seul à seule avec l'élue d'un soir.

Combien de compagnes imaginaires avait-il ainsi "gagnées" à la force du poignet ?

Aujourd'hui, ayant atteint l'âge mûr, il s'adonnait encore à ces jeux solitaires bien qu'il ait fait depuis longtemps la connaissance du plaisir des amours conjuguées.

Il ne pouvait se l'expliquer, cependant, il n'arrivait pas à abandonner ce qu'il avait commencé au moment de la puberté. Peut-être, après tout, n'avait-il pas encore quitté l'adolescence ?

Ce qui, lui semblait-il, l'attirait le plus dans cette manie, c'était le fait qu'il pouvait imaginer ce qu'il voulait et d'ailleurs, il réinventait souvent une aventure qui n'avait pas abouti ou qui avait "mal tourné".

Comme maintenant, avec elle, il avait maintes fois déjà, en imagination, poussé le flirt beaucoup plus loin qu'ils ne l'avaient fait en réalité jusqu'à présent.

Au début de leur aventure, il n'osait pas le faire (par pudeur ? Par honte ?).

Bientôt, il n'en tint plus de la désirer, alors, le soir, il parachevait ce qui, quelques heures auparavant, ou la veille, n'avait pas été accompli.

Chaque fois, il atteignait des sommets de jouissance qu'il avait rarement escaladés. Était-ce dû au désir d'elle trop longtemps contenu ou était-ce parce que, vraiment, il en était profondément amoureux ?

Qu'importe après tout ! Il connaissait à chaque fois un plaisir intense et était de plus en plus persuadé que la première fois qu'ils feraient l'amour ensemble, cela deviendrait une fête, un feu d'artifice de tendresse et de passion.

Mais quand ce jour arriverait-il ?

LE JOLI MOIS DE MAI

Ils avaient décidé de risquer le qu'en-dira-t-on, c'est-à-dire, qu'ils avaient tous deux posé congé ce jour-là, ce qui, sans nul doute, ne manquerait pas de passer inaperçu parmi les commères et les compères de l'entreprise.

Il avait pris congé dès le matin car il devait s'occuper d'un stand d'Amnesty International.

Elle n'avait posé qu'un demi-jour de congé, pour donner le change.

Il faisait un temps magnifique ce jour-là. Bien que l'on ne fût qu'en mai, il faisait une chaleur estivale. *"Un beau présage"*, se dit-il

Comme il était un peu à l'avance et souffrait un peu de la chaleur, il s'assit sur le seuil d'une boulangerie fermée à l'heure du déjeuner.

Il portait un T-shirt gris aux motifs d'Amnesty International et un pantalon jeans. Aux pieds des chaussures de sport blanches.

Il se sentait jeune. Il se sentait heureux. Confiant, aussi.

Voilà enfin la R12 qui arrive.

De loin, elle hésite. Est-ce bien lui, ce garçon assis par terre ?

Il se lève et lui sourit.

- Je me demandais si c'était bien toi, dit-elle, amusée de l'avoir trouvé le cul par terre. *(c'qu'il a l'air jeune !)*

- Quelle chaleur ! Souffle-t-il.

Le reste se dit en silences échangés.

Ils se regardent, se sourient et soupirent.

Il effleure le dos de la main en guise du baiser qu'il n'ose pas lui donner ouvertement.

- Où va-t-on ?

- À notre cachette ?

Craignant un refus, il n'ose lui proposer une chambre d'hôtel.

Et puis, il fait si beau !

Laissant l'Opel Corsa à un emplacement peu en vue, il monte à côté d'elle.

Ils font de nombreux détours pour ne pas emprunter de routes où ils pourraient être aperçus, sait-on jamais, par quelqu'un de leur connaissance.

Il s'est trompé plusieurs fois en lui indiquant la route et elle commence tout doucement à s'impatienter lorsque, après un dernier virage, elle reconnaît le petit chemin à l'orée du bois.

Tout au long de la durée du trajet, il lui touche et caresse la main droite qui manipule le levier de vitesse.

Elle, quand elle le peut, lui offre la main face en l'air, paume ouverte.

Alors, doucement, tendrement, il caresse sa main en partant du creux de la paume jusqu'au bout de chaque doigt.

Ils en sont tous les deux magnétisés et en ressentent des picotements sur toute la surface et même au plus profond de leur épiderme.

Puis, ils se prennent la main et la pressent avec force, avec conviction *(suis heureuse présence me comble me sent bien avec pleine de bonheur déborde de l'aime l'aime l'aime).* Lorsque la route le permet, elle tourne le visage vers lui, en espérant qu'il comprenne, à travers son regard qu'elle veut intense, les sentiments si doux et si forts qu'elle ressent pour lui.

Elle a garé la voiture à l'ombre, sous les peupliers. Ils ont ouvert les portières tellement il fait chaud. Ils sont passés sur la banquette arrière où ils ont tout de même un peu plus de place.

Tout d'abord, ils se regardent longuement dans les yeux reprenant leur habituel dialogue muet.

Leur respiration est lourde, oppressée. Leur émotion est grande. Ils sont bien.

Ils sont, chacun de leur côté, assis au bout opposé de la banquette comme s'ils avaient peur l'un de l'autre.

En fait, ils ont peur d'eux-mêmes, peur de se laisser entraîner par leur passion, le désir atroce de l'autre et, Dieu sait alors, ce qui s'ensuivrait. *(Et alors ?)*

Peut-être ne veulent-ils seulement que retarder le moment de la première caresse, pour déguster le plus longtemps possible le bonheur de l'attente ?...

Il est le premier à bouger.

Il a touché sa joue de la main gauche, bras tendu à l'extrême car elle est tout de même assez loin de lui. Il lui caresse la joue, l'oreille, mais quand il veut caresser la nuque, elle se dérobe comme un cheval agacé par une volée de taons harceleurs.

Il est surpris bien que ce ne soit pas la première fois qu'elle réagit de la sorte.*(A-t-elle peur de ne plus savoir lui résister s'il la touche à cet endroit ?)*

Légèrement déçu, il repart en sens inverse et lui caresse à nouveau la joue puis les lèvres de la paume de la main.

Pour le consoler sans doute, ou pour tempérer son ardeur, elle lui tient la main et, doucement, l'embrasse au creux de la paume.

Alors, il vient tout près d'elle, colle son corps au sien et l'embrasse tendrement sur la joue, le front, puis sur la bouche enfin.

Ils s'enlacent et se serrent très fort dans les bras l'un de l'autre.

Il a sa tête près de la sienne, joue contre joue, le menton par-dessus l'épaule, bien accroché.

Elle est dans la même position et ils se sentent bien "enclenchés" l'un dans l'autre. Quand ils se séparent enfin pour respirer un peu, il dit :

- Nous sommes comme deux pièces d'un même puzzle. Nous allons bien l'un dans l'autre, et il joint les mains, doigts recourbés pour bien expliquer ce qu'il veut dire.

- C'est vrai, lui souffle-t-elle, sa bouche contre la sienne et plongeant son regard dans le sien.

Leurs baisers sont de plus en plus passionnés et leurs caresses suivent le même chemin.

À un certain moment, il se retrouve sur elle.

L'instant d'après, c'est elle qui lui murmure : "Je vais venir sur toi" et il adore qu'elle dise ça ! Puis qu'elle le fasse !...

Ils s'entendent à merveille, se caressant et se frottant l'un à l'autre, tantôt avec tendresse, tantôt avec passion, mais elle, sur lui, bloque toutes ses tentatives de caresses plus intimes.

Il se retient bien qu'il soit passablement excité (elle doit s'en apercevoir !).

Elle aussi, il le voit bien. Mais une promesse est une promesse…il se voit bien obligé de respecter sa volonté de retarder encore le moment de "passer à l'acte"...

Alors, cessant ses caresses insistantes, il s'écarte d'elle.

Assis à ses côtés sur la banquette arrière de la voiture, il semble bouder.

En fait, il est en train - il ne sait trop pourquoi - de se souvenir d'un film qu'il a vu dans les années 70.

Il ne se rappelle que du titre : "Montdragon" et surtout de la scène de l'étalon et des explications du personnage joué par Jacques Brel qui en était l'un des acteurs principaux.

Avant la saillie de la jument par l'étalon, on amène d'abord un autre cheval, quelconque, un cheval de trait, par exemple. Il ne doit pas forcément être racé ou jeune pourvu qu'il sache exciter correctement la jument.

C'est son seul rôle.

Il est donc chargé d'émoustiller le désir de la femelle, par des frottements du museau et des flancs.

Lorsque celle-ci est bien en chaleur, alors, et alors seulement, on lui amène l'étalon dans toute sa gloire, c'est-à-dire, le pénis en érection !

("Pauvre canasson, qui doit repartir dans son coin, la queue basse"), avait-il pensé à l'époque. *"Et pauvre jument, qui ne peut choisir son partenaire"*.

Mais peut-être, après tout, cela lui est égal à la jument ?

Qu'importe le baiseur pourvu qu'on ait l'extase !

Tandis qu'il lui raconte cette histoire, elle l'écoute avec attention, ne laissant, comme d'habitude rien paraître de ses sentiments.

Lorsqu'il a terminé, elle ne fait aucun commentaire, se contentant de sourire.

Il a comme un doute.

En fait, ce n'est pas la première fois que cela lui arrive de deviner, de sentir certaines choses. Cela fait partie, sans doute, de ce qu'il appelle le côté féminin de sa personnalité. Il a, par moments, de l'intuition.

Leur ardeur momentanément éteinte, ils décident de sortir quelques instants de la voiture.

Il fait si beau et les oiseaux les appellent avec tant d'insistance.

Ils s'enfoncent dans le petit bois.

Un pivert actionne son marteau-piqueur. Un coucou, musicien amateur de musique répétitive (House Music ?), allonge sa tierce, sans cesse. Do-La, Do-La, Do-La,

Quelques tourterelles font des tours et des détours, roucoulant à cœur joie, calligraphiant en pleins et en déliés cette phrase dans le ciel : *"Je t'aime"*.

Ils marchent maintenant côte à côte, se tenant mutuellement par la hanche.

À chaque pas, leurs hanches se caressent et se frottent comme si elles avaient une vie autonome. Elles se font l'amour se transmettant la chaleur qui brûle leur ventre, la passion refrénée des deux corps.

Ils sont heureux ainsi.

À un certain moment, ils décollent !...

Leurs pieds ne touchent plus la poussière du sentier…

Mais le temps, après avoir plané longtemps dans le ciel bleu, estimant avoir suffisamment suspendu son vol, décide de plonger sur sa proie : la vie de tous les jours.

Il leur faut repartir, quitter cet endroit idyllique et dont ils furent les propriétaires, pour quelques heures.

Ils remontent en voiture et quittent à regret ce petit paradis.

Le lendemain, elle lui fera part d'une décision qu'elle a prise et qui le rendra fou de bonheur.

ENCORE UN ESPOIR

Il lui disait que cet amour qu'il recevait était pour lui comme un cadeau de la vie. Un dernier cadeau peut-être ? Il se disait qu'il ne devait pas gaspiller cette dernière chance d'être heureux.

Ce n'est pas qu'il se croyait trop vieux, non. Mais quand même !

Tomber "en amour" n'est pas si courant, surtout pas à son âge.

Il avait calculé et le lui avait dit que, s'il vivait aussi longtemps que son père, il pourrait, tous deux, vivre ensemble au moins encore près de quarante ans !

Car il voulait refaire sa vie avec elle.

Il le lui avait affirmé, répété, depuis les premiers jours.

Elle, elle prétendait toujours que, pour lui, elle n'était qu'une passade, une aventure de plus.

Le prenait-elle vraiment pour un séducteur invétéré ?

Comment lui faire comprendre qu'il était sincère, qu'il la respectait profondément.

Le lendemain de cette merveilleuse journée, elle lui écrivit dans un billet :

"C'était si beau, hier, si magnifique !

Tu as été si doux, si tendre avec moi, Tim. Je suis si heureuse !

Si heureuse que j'ai pris une grave décision : je vais parler à mon père.

À lui tout d'abord. Il comprendra"

Lorsqu'il lut ces mots, il se sentit défaillir d'émotion, de bonheur.

Il lui répondit dans un billet :

"Sais-tu comme je me sens heureux après la journée d'hier ?
Si seulement tu avais pris ta décision plus tôt ! Maintenant, je pourrai lutter contre tout.

Je suis assez étonné cependant que tu te sois décidée tout à coup. Après mardi.

J'ai cherché si longtemps les arguments qui te convaincraient.

Pourquoi n'ai-je pas utilisé ces "arguments-là" plutôt ?

Notre amour se transforme.

Il devient moins platonique, moins romantique (?), plus concret peut-être aussi. Plus vrai, donc. Et plus fort.

Oh Liesje (*), je veux tout faire pour te rendre heureuse.

(*) prononcer : "liche"

Je veux être ton amant tendre, doux et passionné et je m'y appliquerai le mieux du monde car je sais que je parviendrai ainsi à te décider à vivre avec moi.

Je le désire tant.

J'ai élaboré une théorie : lorsque deux personnes font l'amour, l'intention de chaque partenaire doit être : 'je vais tout faire pour le rendre heureux ou la rendre heureuse'. Si chaque partenaire pense et agit de la sorte, tous deux seront forcément heureux. Ceci peut, à mon avis, également être appliqué au quotidien dans une relation.

Je crois bien que nous sommes sur le point d'y réussir !

Ma douce et sensuelle amie, je t'aime et te désire et, surtout, je veux vivre à tes côtés, partager ta vie, tes rires et tes pleurs.

Je veux réussir avec toi ce que je n'ai pas très bien réussi jusqu'à présent.

J'ai tant besoin de toi et toi, tu peux compter sur moi, sur mon amour, ma tendresse, ma passion, mon amitié.

Si nous faisons, tous les deux, bien attention de ne jamais nous blesser profondément (car, malheureusement, il nous arrivera probablement de nous faire mal, de temps en temps, sans le vouloir), nous vivrons longtemps heureux tous les deux ensemble.

J'y crois fermement et intensément.

Je t'embrasse partout gentiment puis avec passion.

Je t'aime, je suis à toi, entièrement.

KAFKAÏEN !

Un jour, elle dut être hospitalisée.

Elle ne lui expliqua pas pourquoi.

Comme elle ne parlait pas beaucoup et qu'il était persuadé à cette époque qu'on pouvait communiquer sans se parler, il s'était habitué à se contenter de quelques paroles et se montrait discret la plupart du temps, ayant peur de la perdre en posant trop de questions.

Elle lui parla d'un "problème gynécologique" sans donner de détails et lui, n'insista pas pour en savoir davantage.

Elle lui demanda de venir lui rendre visite à la clinique.

Elle ne voulait voir que lui, et lui seul, à son chevet.

Il en avait été tout heureux et tout fier.

Il ne connaissait pas bien l'établissement, ne s'y était jamais rendu. C'était un complexe hospitalier situé près de Gand.

Elle lui avait expliqué comment s'y rendre et il se dit qu'il trouverait bien.

Elle lui avait recommandé de venir après 19 heures. Elle était sûre d'être revenue de la salle d'opération et d'être éveillée à cette heure-là.

Il faisait nuit lorsqu'il arriva aux environs du bâtiment.

Il avait raté la sortie d'autoroute et avait dû faire un détour. Il passa une première fois devant ce qui croyait être la clinique : un bâtiment mal éclairé. Il ralentit mais n'étant pas sûr de lui, continua, se décidant à aller jusqu'au prochain giratoire qu'il connaissait bien pour reprendre la bonne direction. De cette façon, il serait du bon côté pour virer à droite pour entrer dans l'enceinte du domaine hospitalier.

Il arriva aux abords du bâtiment et apercevant dans la pénombre l'enseigne de la clinique, il actionna son clignotant et s'engagea dans l'entrée.

Il gara le véhicule à la première place libre qu'il aperçut, se disant que quelques centaines de mètres ne lui faisaient pas peur et, ainsi, au retour, il serait plus près de la sortie.

Le parking et les allées étaient mal éclairés. Il descendit de la voiture et se mit à la recherche de la porte d'entrée. Il vit une porte assez large mais, comme elle n'était pas éclairée, il comprit que ce n'était pas là l'entrée principale. Il fit le tour du bâtiment gris et vieillot. Arrivé au coin, il fut encore dépité : pas de porte d'entrée. Il continua son chemin de plus en plus agacé et énervé à l'idée qu'il ne serait pas à l'heure promise. Un peu plus loin, il aperçut une enseigne lumineuse : "*Interne diensten*" (services internes). Il jura tout bas en flamand, puis en français : Il avait fait déjà quelques centaines de mètres dans la pénombre et ce n'était pas encore ce qu'il cherchait !

Malgré sa mauvaise humeur, il sourit en s'entendant jurer dans les deux langues ! Au fil des années et à force d'entendre les autres, il avait adopté les "*Verdomme !*" mais avait conservé les "*Putain de merde à la con !*" Et cela avait un effet très comique lorsqu'il s'entendait dérouler le chapelet de jurons bilingues…

Il dut faire encore quelques centaines de pas avant d'arriver devant un énorme bâtiment à cinq ou six étages. De chaque côté du bâtiment une rampe montait jusqu'au premier étage vers l'entrée principale. Il se dit que ce serait bien le diable si ?....
Il distingua un large escalier et le gravit quatre à quatre. Arrivé dans le hall d'entrée, il chercha avec hâte un panneau indiquant le service obstétrique et gynécologie. En vain ! Il commençait à transpirer d'énervement. Il se dirigea vers le bureau d'accueil mais dut attendre son tour : deux personnes le précédaient. Enfin, il put demander à l'hôtesse où il devait se rendre.

- Vous devez ressortir et aller jusqu'au fond du parc vers le prochain bâtiment.

Il n'en croyait pas ses oreilles ! Encore au moins deux cents mètres à pied !

Il dut se rendre à l'évidence et, maugréant intérieurement contre ce dédale kafkaïen, il dévala la volée de marches pour se diriger en toute hâte vers un bâtiment plus petit qu'il dut encore contourner pour découvrir son entrée.

Enfin, il y était ! Heureusement, et cela lui parut un miracle, il n'avait pas oublié le bouquet de fleurs acheté en cours de route. Cela aurait été un comble de devoir faire le chemin en sens inverse pour retourner le prendre dans sa voiture !

Il reprit son souffle pour demander le numéro de la chambre à l'hôtesse et se précipita dans la direction indiquée.

À l'étage ! Il prit l'escalier pour gagner du temps.

Il arriva le cœur palpitant et devant la porte de la chambre, se demandant dans quelles dispositions il allait la trouver.

Enfin, inspirant profondément, il poussa le lourd battant.

C'était une grande chambre à quatre lits. Elle était couchée dans celui qui se trouvait près de la fenêtre. Elle tourna son visage vers lui en l'entendant entrer et lui sourit en le reconnaissant, heureuse de le voir là.

Il s'approcha, déposa un petit baiser sur ses lèvres et lui offrit son bouquet. Elle le remercia, plongeant son regard dans le sien.

Il n'y avait pas très longtemps qu'elle était revenue de la salle d'opération et venait à peine de se réveiller. *"Ouf"*, pensa-t-il, soulagé.

- Je suis heureuse que tu sois venu. Je suis heureuse que ce soit toi qui sois là. Je ne voulais voir que toi.

Cette insistance l'étonna et le mit mal à l'aise.

- Moi aussi, je suis heureux d'être près de toi.

Il lui expliqua les péripéties vécues avant d'arriver jusque-là. Elle lui sourit, trop fatiguée pour le taquiner.

Sur ces entrefaites, deux infirmières entrèrent dans la pièce et se dirigeant vers le lit où elle reposait, fermèrent un grand rideau pendant au plafond, isolant de la sorte le lit du reste de la pièce.

- Votre mari peut rester !, dit l'une des infirmières.

- Regardez les belles fleurs qu'il vous a apportées ! Ce qu'il vous gâte ! Nous allons les mettre dans un vase., dit l'autre.

Il se sentit gêné. Elle ne rien dit pour rétablir la vérité. Comment aussi expliquer que ce n'est pas son mari qui accoure à son chevet ? Mais au fond de lui, il était heureux de la confusion qui s'était installée.

Après les soins, voyant que ses yeux tombaient de sommeil, l'effet de l'anesthésie sans doute, il décida de prendre congé d'elle après s'être assuré que tout allait bien.

Des tas de questions lui brûlaient encore les lèvres mais il n'osa pas les poser. "*Plus tard*", se dit-il.

Elle le remercia chaleureusement tandis qu'il posa un baiser très doux sur ses lèvres.

Il sortit de la pièce enfin, à reculons et comme à regret, esquissant gauchement un petit geste de la main, comme font les enfants….

DOUTES

Elle se souvenait la lecture de ce journal intime qu'il avait tenu pendant un long week-end et que sa femme lui avait fait parvenir quelques mois après les événements.

Elle avait été bouleversée de découvrir ces lignes et avait dû s'y prendre à plusieurs reprises pour en achever la lecture.

Mardi soir, tard

Ma Douce,

Puis-je encore t'appeler ainsi ? Ces derniers jours, je n'osais plus. Mais, aujourd'hui, j'espère à nouveau. Merci ! Quel week-end terrible nous avons passé, toi et moi !

Tu m'as dit aujourd'hui que tu crois que cela ne me ferait rien de voir notre histoire se terminer. Pourquoi dis-tu cela ?

Samedi soir, j'ai écouté un CD de Madredeus [6]*. C'est une musique plutôt mélancolique et j'avais déjà un peu trop bu : les larmes roulaient tout simplement sur mes joues.*

Lorsque je suis arrivé chez moi, vendredi soir, par chance, je me suis retrouvé seul.

Je suis resté de longues heures assis dans mon fauteuil, seul avec mon chagrin.

Je ne pouvais et je ne peux toujours pas comprendre ce qui s'est passé vendredi.

Tout d'abord, nous étions heureux et joyeux et l'instant d'après, tu étais en colère ! Tu voulais repartir chez toi et tu ne voulais plus me revoir. Et moi qui ne voulais que te rendre heureuse !

Bien sûr, je pense à faire l'amour avec toi ! Est-ce si anormal ? Mais si tu penses que nous devons encore attendre, OK ! Je n'en parle plus.

Comme j'étais heureux, aujourd'hui, lorsque tu m'as demandé de venir te voir ! Simplement être à tes côtés et te regarder dans les yeux. Une fois de plus, je sentais des frissons courir sur mes épaules jusque dans mon dos.

Merci de ne pas m'avoir tout à fait rejeté.

Je te le promets : je serai patient. J'attendrai que tu m'appelles et je viendrai me nicher dans tes bras, ma tête sur tes épaules.

Comme j'étais heureux lorsque tu m'as dit en me quittant : "Tout cela s'arrangera !". Qui sait ce que cela signifie ?

Jeudi après-midi

C'est un jour férié aujourd'hui !

Tu me manques.

Hier, tu m'as terriblement manqué aussi. J'ai appris par notre collègue Johan que tu es quand même partie au concert d'Elton John avec ton mari. J'en fus déçu et inquiet. Mais, par ailleurs, rassuré quant à ta santé.

Si tu es allée au concert, cela ne signifie-t-il pas que tout est arrangé entre vous deux ? Je dois avouer que s'il en est ainsi, cela ne me réjouit pas. Peux-tu le comprendre ? Pour moi, ma décision est prise : je vais avoir une discussion franche avec ma femme et me mettre à la recherche d'un meublé. J'ai besoin de souffler un peu et réfléchir à ma vie future. Et, ma bien-aimée, je suis toujours persuadé que tu y prendras une grande place.

Comment se passeront nos retrouvailles lundi ? J'ai un peu peur. Heureusement que tu m'as affirmé que tu m'aimais toujours.

Samedi après-midi

Encore un jour sans toi et puis je te reverrai. Ce que ça dure ! Qu'est ce qui sera changé ? Que se sera-t-il passé durant ces jours ? C'est terrible d'être sans nouvelles de toi ! Pas de coup de fil, pas de billets doux à lire. Tu me manques énormément.

Jeudi, j'ai eu une longue et sincère conversation avec ma femme. Cela a été un soulagement et cela nous a fait du bien d'avoir été honnêtes l'un envers l'autre. Elle m'a dit qu'elle peut me comprendre et qu'elle accepte. Elle m'a dit qu'elle-même a parfois aussi des envies de s'en aller ! Elle aimerait aussi te rencontrer ! Elle m'a seulement demandé d'attendre que les enfants aient fini leurs examens.

Malgré tout, je vais me mettre à chercher une chambre ou un studio.

Comment vas-tu ? Que fais-tu maintenant ? Parfois, je culpabilise lorsque je pense à tous les problèmes et les soucis que tu rencontres à cause de moi. Ne vas-tu pas me le reprocher un jour ?

Liesje, ma chère, douce Liesje, j'attends tellement ta présence ! Je voudrais déjà être lundi matin pour te revoir, pour te tenir tendrement la main, pour plonger mes yeux dans les tiens.

Tu ne me croiras peut-être pas, ce que j'apprécie le plus c'est d'être près de toi, lorsque nos mains se frôlent, lorsque nos doigts se caressent pleins de cette électricité qui les traverse. Alors, je sens en mon être comme un frisson profond. Toi tu prétends que je ne pense qu'au sexe !

Je n'y peux rien, j'ai lutté contre cela durant des années, je suis toujours un romantique. Et, comme tous les romantiques, j'attends le véritable amour.

Je t'aime, je t'aime oh oui, j't'aime. Mon plus beau poème, celui que je n'ai pas encore écrit, c'est toi.

Veux-tu partager ta vie avec moi ? Il me semble que cela est possible. Je veux te rendre heureuse. Je te respecterai comme jamais un homme, un être humain ne t'a jamais respecté. Je ferai tout ce que tu voudras, tout ce que tu me demanderas. J't'aime, toi, tu sais.

Dimanche midi

Pas de nouvelles, Bonnes nouvelles !

Encore un jour sans toi. Encore un jour sans nouvelles de toi. Cela commence à être long ! Heureusement, demain je te revois. Je me demande comment cela va se passer. Il fait un soleil magnifique, ce qui me rend optimiste : tout se passera bien !

Je suis de plus en plus convaincu que je suis à la veille d'un grand bouleversement dans ma vie. Il est grand temps que je prenne ma vie en main. Ne crois-tu pas qu'il en est de même pour toi ? Toi non plus, il me semble, tu n'as pas vraiment choisi ta vie jusqu'à présent.

Comment vas-tu ? Et comment s'est passé ce week-end pour toi ? M'aimes-tu encore ? Je me pose un tas de questions et je continue d'espérer.

Je te laisse et t'embrasse, tout doucement, très tendrement.

Ton tendre ami

Dimanche soir

Enfin ! Les dernières heures auront été les plus longues ! J'ai regardé pendant des heures le cadran de ma montre. Les aiguilles n'avançaient plus !

Cet après-midi, je suis resté assis dans un transat à l'ombre du châtaignier.

Tu me manquais terriblement !

De temps en temps, je tendais la main, rêvant de toucher la tienne. Mais tu n'étais pas là. Pourtant, en me concentrant un peu, j'arrivai rapidement à sentir les caresses de tes doigts sur les miens. C'était merveilleux ! Le beau temps ; les oiseaux qui sifflaient quelque part dans les frondaisons et ta main dans la mienne. Dommage que ce n'était qu'un songe. J'ai failli enfourcher mon vélo pour aller faire un tour par chez toi. Allons, encore un peu de patience et je te reverrais.

J'ai l'impression que demain sera un jour important pour nous. Tout dépendra du premier instant, si toutefois nous avons l'occasion de nous voir seul à seul. Je ne sais qu'une seule chose, c'est que de ma part, j'essaierais le mieux possible de t'aimer. Et toi ? J'ai peur et confiance à la fois.

Je t'ai dit que je ne pense pas qu'à faire l'amour avec toi. C'est vrai. Mais j'y pense quand même, de temps en temps. Je pense alors à ce qui s'est passé entre nous. Et je t'assure que pour moi c'était merveilleux, vraiment exceptionnel. Il y avait beaucoup de tendresse et de beauté dans les gestes que nous faisions et je ne peux pas comprendre que tu en aies été "dégoûtée"(?). Je voudrais effacer cette mauvaise impression, si cela est possible. Tu vois, je ne veux que me racheter et ferai tout pour retrouver Ma Douce d'avant ce vendredi fatidique.

Pour toi, je veux être le plus doux et le plus tendre homme de la terre. Dis-moi seulement que tu m'autorises à te cajoler et à t'aimer comme tu le mérites.

À demain, Ma Douce Chérie. Je t'embrasse tendrement et très longuement.

Bonne nuit, Mon Amour.

Lorsqu'elle eut terminée sa lecture, elle s'effondra en sanglots.

Savoir qu'il l'avait aimé à ce point et qu'elle n'avait pu répondre à son amour, lui avait causé une grande douleur dont elle n'était pas sûre de s'être remise aujourd'hui.

CECI N'EST PAS UN HAPPY END

Il est revenu dans ce petit chemin à l'orée du bois. Il a garé sa voiture.

Il reste assis un moment, hébété. De temps en temps une larme, débordant du trop-plein de chagrin, dévale la pente arrondie de sa joue, suivant la piste tracée par ses sœurs et, hésitant au bord du menton, - à moins qu'auparavant il ne l'ait essuyée du revers de la main - elle s'écrase sur le tissu du pantalon faisant une tache étoilée qui s'agrandit à vue d'œil. De temps en temps, tout son corps est secoué de sanglots. Il pleure comme un enfant.

Il a totalement perdu la notion du temps et de l'espace. Il se trouve dans une autre dimension, un monde parallèle. Mais ce n'est pas celui plein de lumière qu'il a exploré avec elle durant les semaines qui viennent de s'écouler. Celui-ci est un monde sombre, froid, mort.

Lorsqu'il regarde autour de lui, il lui semble reconnaître le petit chemin, sans toutefois, s'y retrouver. Derrière le rideau de larmes, derrière les verres embués de ses lunettes, ce n'est plus exactement le même endroit.

Il est pris d'une légère angoisse. Il a l'estomac noué.

Où est-il vraiment ?

Il ouvre la portière qui semble de plomb. Il sort péniblement de la voiture. Tous ces gestes sont lents. Comme Amstrong sur la lune. Un grand pas vers le désespoir.

Il fait quelques pas, en "slow motion". Il ne s'entend pas marcher. Il ne se sent pas marcher, n'a pas conscience du déplacement de ses jambes qui le portent en avant. Il voit bien, en baissant la tête, se mouvoir ses jambes, - la cuisse gauche légèrement en avant, le genou et puis, collé au genou à cause de la perspective, le soulier, la jambe gauche invisible, totalement cachée par le bassin puis le tronc s'avançant tout à coup, avalant la jambe gauche et faisant apparaître, comme par prestidigitation, la jambe droite.

Il s'approche, sans trop le savoir, d'un arbuste de clématites qu'il ne reconnaîtra que lorsqu'il en aura déjà cueilli la fleur. D'ailleurs est-ce vraiment le même arbrisseau ? Il en doute car les fleurs en paraissent beaucoup plus flétries, leurs couleurs ternies, délavées par ses pleurs. Il regarde la fleur qu'il tient du bout des doigts : elle s'ouvre largement, offrant à la contemplation, au milieu de la corolle, ses organes sexuels. Ses pétales semblent inondés et luisent dans la pénombre.

Il n'en peut plus. Il l'approche de ses narines.

Son geste dure un siècle. Son bras pèse des tonnes, retenu par une force inconnue. Enfin, les ailes du nez effleurent les sépales de la fleur, la pointe du nez caresse l'étaminc, organc mâle.

Il ne se sent pas des tendances homosexuelles. La corolle ressemble davantage à un sexe féminin.

Il n'a pas eu le temps de se demander si la fleur exhale un parfum. Il a cependant l'impression de sentir la forte odeur de ce suc qu'il a toujours adoré humer et qui le saoulait de désir quand il plongeait son visage vers les douces corolles féminines…

Il y a comme un déclic.

Les sépales de la fleur se referment en un éclair et, bien qu'il s'en aperçoive, il ne peut rien faire, paralysé par l'étonnement, l'émerveillement, hypnotisé par l'horreur. Et avant même qu'il n'ait pu pousser le moindre cri, son nez est emprisonné dans un étau de velours.

Pris de panique, il a, dans un flash, la vision d'une

scène du film "*Alien" (7)*….
Mais c'est trop tard !….

Une fraction de seconde plus tard, il ressent à la pointe du nez comme une piqûre d'insecte. La douleur s'étend, fulgurante, et descend vers le thorax. Il porte, dans un geste lent et inutile, la main vers sa poitrine. Puis s'écroule, chargé de tout le poids de son chagrin et de son désespoir, lourdement, dans l'herbe du sentier.

Bizarrement, il est tombé à la renverse, étalé en désordre. Les cuisses sont écartées, exhibant l'exubérance du sexe dressé dans une dernière érection.

La main gauche repose sur le sternum, doigts recroquevillés. Le bras droit est nettement séparé du tronc, la paume de la main tournée vers le ciel semblant demander dans une prière muette : Pourquoi ?

Au milieu du visage, à califourchon sur le nez, défigurant la face comme une plaie gangreneuse, la fleur de clématite, faisant flamboyer ses couleurs dans les rayons du soleil couchant, semble palpiter encore,

Repue.

UN LOURD SECRET

La mère se tait maintenant.

Elles sont assises dans le salon de la maison qu'habite la mère avec son nouveau mari. Le thé qu'elles s'étaient servi est froid depuis longtemps.

La mère est assise dans un fauteuil en cuir noir à deux places. La fille est assise en face d'elle.

La fille regarde sa mère qui reste silencieuse, perdue dans ses souvenirs.

Toute la peine et le poids du secret accumulés durant toutes ces années transparaît sur son visage.

Fleur se demande si elle a bien entendu. Elle a écouté en silence, sans interrompre sa mère, abasourdie d'abord puis passionnée par le récit. Elle en avait même oublié qu'il s'agissait d'un épisode de la vie passée de sa mère.

Maintenant que celle-ci s'est tue, elle demeure incrédule.

- Quelle histoire incroyable, tout de même !

Et cette fin toute droite sortie d'un film de science-fiction !…

Elle se demande même si sa mère ne s'est pas moquée d'elle !

- Dis M'man, c'est en effet une bien belle mais aussi une bien triste histoire. Mais, dis-moi, tu l'as inventée ?

- Liesje sursaute.

Elle se doute que sa fille a bien du mal à la croire.

- Non. Non, c'est une histoire bien vraie, ma chérie...sauf la fin…

En fait, je ne sais pas vraiment comment il est mort. Alors, j'ai imaginé cette horreur, sans doute pour me punir, peut-être ?

La seule chose que j'ai apprise, c'est qu'on a retrouvé son corps enseveli sous un tas de fleurs de clématites, le lendemain de sa disparition. À l'autopsie, le médecin-légiste a détecté dans son sang les traces d'un poison inconnu.

L'enquête a conclu au suicide…

- Mais Maman, cet homme ? Il a été ton amant ?

- Oui. Enfin, oui et non…

- Que veux-tu dire ? J'ai besoin de savoir ! Papa n'en savait rien ? Et d'ailleurs, …

- Non, non ! Il ne s'est vraiment rien passé entre nous ! Enfin, nous n'avons jamais…

- Il n'est donc pas mon père ?

- Non. Non…

Elles se taisent.

Un long et lourd silence s'installe.

La mère semble être retournée dans ses rêves passés. La fille à la tête encore pleine de questions. Puis Fleur lève les yeux vers le visage de sa mère. Elle la voit perdue dans ses pensées et se sent envahir par une grande tendresse pour celle qui lui a donné le jour et l'a élevée avec tant d'amour. Elle comprend le poids que sa mère a porté pendant toutes ces années. Pendant qu'elle grandissait, sans savoir…

Elle se lève et va s'asseoir aux côtés de sa mère, se colle à elle, l'entoure de ses bras et la serre tendrement.

Liesje la regarde avec amour. Elles se sourient maintenant, leurs visages rayonnent de bonheur.

- Maman ?

- Oui ?

- Tu n'en as jamais parlé à personne ? Tu as gardé ce secret pendant tout ce temps pour toi seule ?

- Hm, hm, répond-elle, d'un air entendu.

- Tu aurais pu me le confier plus tôt !

- Je n'osais pas. J'avais peur de ton jugement. Je voulais te protéger.

- Maman !

Elle la serre plus fort dans ses bras. Puis lui prend le menton, complice.

- Tu l'aimais, cet homme ?

- Oh oui, Fleur, je l'aimais. Et je l'aime toujours...

BIFURCATION

Elle a le cœur bien plus léger depuis qu'elle s'est confiée à sa fille.

Cependant, lorsque qu'elle se dirige vers Bruxelles à chaque fois qu'elle passe devant la sortie d'autoroute de Wetteren, elle a toujours, comme auparavant, ce tout petit pincement indéfinissable au cœur.

C'est là, elle le sait, qu'il faut quitter l'autoroute pour aller vers le petit village où il habitait et où ses cendres reposent désormais.

En approchant de la sortie, ce jour-là, elle se sent tout à coup prise d'une envie fulgurante d'agir, de sortir de sa léthargie habituelle.

Soudain, étonnée, elle voit sa main droite, comme animée d'une vie autonome, abaisser la manette du clignoteur.

Oui ! C'est ça ! Elle veut aller voir, chercher elle ne sait quoi, un signe, un souvenir…

À partir de ce moment-là, elle ira d'étonnement en étonnement.

Sa voiture semble guidée par une force invisible. Sans GPS, elle suit la route qui la conduit au village puis vers le petit cimetière…

Celui-ci se trouve en dehors du centre du village. Elle en est sûre, elle n'est jamais venue ici.

Pourtant, sans avoir suivi aucune indication et sans avoir demandé son chemin, la voilà qui gare sa voiture sur le parking réservé aux visiteurs, non loin de l'Escaut qui coule à deux pas

Il fait vraiment beau ce jour-là.

Une journée d'automne un peu fraîche mais pleine d'une douce lumière qui dépose en son cœur un mélange d'appréhension et de joie.

Elle se sent prête à toutes les découvertes.

La voilà maintenant dans les allées du petit cimetière.

Tout est paisible.

Elle est seule.

Il n'y a pas beaucoup de tombes et elle découvre rapidement le jardin du souvenir.

Elle aurait bien voulu, il y a vingt ans, assister aux funérailles, bien qu'elle ne soit pas sûre d'avoir pu contrôler ses émotions. Par égard pour sa famille, elle s'était abstenue. Aujourd'hui, elle se demande si elle a bien fait...

Une de ses collègues à l'époque lui a rapporté une scène qui l'avait fortement émue : la famille et les amis s'étaient rassemblés, serrés les uns contre les autres pour se soutenir mutuellement. Un homme est arrivé avec un petit étui métallique contenant les cendres. Il s'est penché vers le sol et à laisser le contenu du récipient tout doucement sur l'herbe.

À cet instant précis, le vent s'est levé et les cendres se sont mises à tourbillonner et à danser en l'air au son d'une musique venant d'un chaîne stéréo portable amené par quelqu'un. "Cela semblait irréel, lui raconta-t-elle, ces cendres qui virevoltaient et se déposaient sur nos souliers.

C'était comme s'il voulait nous toucher, nous donner un dernier signe d'amitié et d'amour."

Elle avait semblé très impressionnée par cette scène et Liesje, elle-même, en avait été toute retournée en l'entendant la raconter.

Aujourd'hui, la voilà comme appelée vers cet endroit bucolique. À quelques mètres coule le grand fleuve qui va se jeter dans la Mer du Nord…

Pendant quelques instants, elle reste immobile. Puis elle regarde autour d'elle, elle cherche un signe. N'y a-t-il ici aucune inscription ?

Si, là, sur ce muret ! Elle découvre toute émue son nom - les lettres sont un peu effacées - sur une petite plaquette métallique.

Pas de photo.

Elle n'en a pas besoin ! Ses traits sont marqués à jamais dans la mémoire de son cœur.

Elle se sent soudain submergée par une forte émotion. Ce n'est pas du chagrin. C'est puissant. Cela ressemble plutôt à de la joie, de l'amour...

Elle reste là encore quelques instants, bien consciente de l'endroit où elle est.

Elle entend un oiseau chanter pas très loin. Puis le bruit ronronnant d'une péniche qui passe sur l'eau. Une cloche qui égrène les heures…
Mais plus rien ne la retient ici.
Elle se remet en marche vers sa voiture.

Cependant, alors qu'elle fait les quelques pas qui la ramène vers son quotidien, elle comprend ce qu'elle est venue faire ici, à cet endroit empreint de paix et de sérénité.

Dans ce village où elle n'était jamais venue et vers lequel elle s'est dirigée avec certitude, à cet endroit qui lui semblait si familier alors qu'elle ne le connaissait pas, elle aurait sans doute vécue, avec lui, si elle avait suivi l'élan de son cœur.

À cet instant, elle a la sensation d'entrevoir, et même de percevoir, l'avenir heureux qu'elle aurait pu vivre. Un futur qu'elle n'a pas eu le courage de choisir. Une bifurcation de la vie qu'elle n'a pas su prendre.

Mais alors que, perdue dans ses pensées, elle s'apprête à sortir du cimetière, elle croise un homme accompagné d'un garçon blond aux yeux bleus. L'homme doit avoir la quarantaine, le garçon une douzaine d'années. Arrivé à sa hauteur, le garçon aux yeux clairs plante son regard dans le sien.

Elle croit défaillir ! Ce regard !...

Elle ralentit le pas et se retourne. Elle voit l'homme échanger quelques mots avec son fils. Maintenant, c'est lui qui se retourne. Il la regarde, la dévisage puis lui sourit gentiment... Oh non ! Ce sourire !

Elle hésite. Lui aussi. Mais au moment où elle veut s'avancer, il se retourne et, entamant une discussion animée avec son fils, il continue son chemin vers le jardin du souvenir.

Une bifurcation de la vie qu'elle n'a pas su prendre...

NOTES

1. Peter Gabriel : chanteur britannique fondateur du groupe pop *Genesis* qu'il a quitté en 1975 pour se lancer dans une carrière en solo

2. Tournée Human Rights Now ! : en 1988, dans le cadre d'une tournée mondiale, une série de 20 concerts ont été organisés pour promouvoir les Droits de l'Homme à l'occasion de l'anniversaire des 40 ans de la signature de la Déclaration Universelle des Droits de l'Homme. Sting, qui a quitté le groupe The Police en 1985, Bruce Springsteen (surnommé *"The Boss"*) et The E Street Band, Peter Gabriel, Tracy Chapman et Youssou N'Dour et de nombreux artistes invités sur place en assuraient l'affiche. À côté des concerts, des conférences de presse prenaient place dans chacune des capitales visitées.

3. Intifada : terme arabe signifiant soulèvement. Il désigne deux forts mouvements d'opposition populaire contre l'armée israélienne présente dans les territoires occupés.

La première intifada, appelée guerre des pierres, a débuté le 9 décembre 1987.

4. Arno, de son vrai nom Arnold Charles Ernest Hintjens, est un chanteur belge né à Ostende. Il a d'abord surtout chanté en anglais avant de privilégier le français avec aussi quelques chansons en ou couplets en patois flamand.

5. David Hamilton est un photographe et réalisateur britannique, né à Londres en 1933.

6. Madredeus : groupe de musique, qui prend son origine dans le quartier localisé autour de l'église Madre de Deus, à l'est de l'Alfama de Lisbonne. Leur musique est un mélange de fado, musique folk, classique et de populaire.

7. Alien : *Alien, le huitième passager* est un film de science-fiction réalisé par Ridley Scott, sorti en 1979. Le titre du film se réfère à l'antagoniste principal, une créature extraterrestre très agressive qui chasse et tente de tuer les sept membres de l'équipage d'un vaisseau spatial.

Remerciements :

Je remercie toutes particulièrement les personnes suivantes qui m'ont aidées à mener à bien ce projet :

- Michèle, tout d'abord qui a cru en ce récit depuis le début ;
- Frédérique pour son sérieux et sa persévérance. Grâce à elle, j'ai pu, en le lisant à voix haute notamment, assumer cet ouvrage tel qu'il était. Cela m'a permis de le remanier en toute humilité ;
- Joël, pour son regard "masculin" et son enthousiasme après avoir "dévoré" mon manuscrit ;
- Sandra pour sa gentillesse et son retour plus que "nourricier" que j'ai reçu comme un cadeau ;
- Christine, ma "chasseuse de coquilles" à qui il est incombé, une fois de plus, de corriger les fautes que – je le jure - je n'avais pas laissé traîner à son intention !
- Virginie pour ses commentaires enthousiastes et admirateurs